DAS BAND DER UNTERWELT

1

Hiromu Arakawa

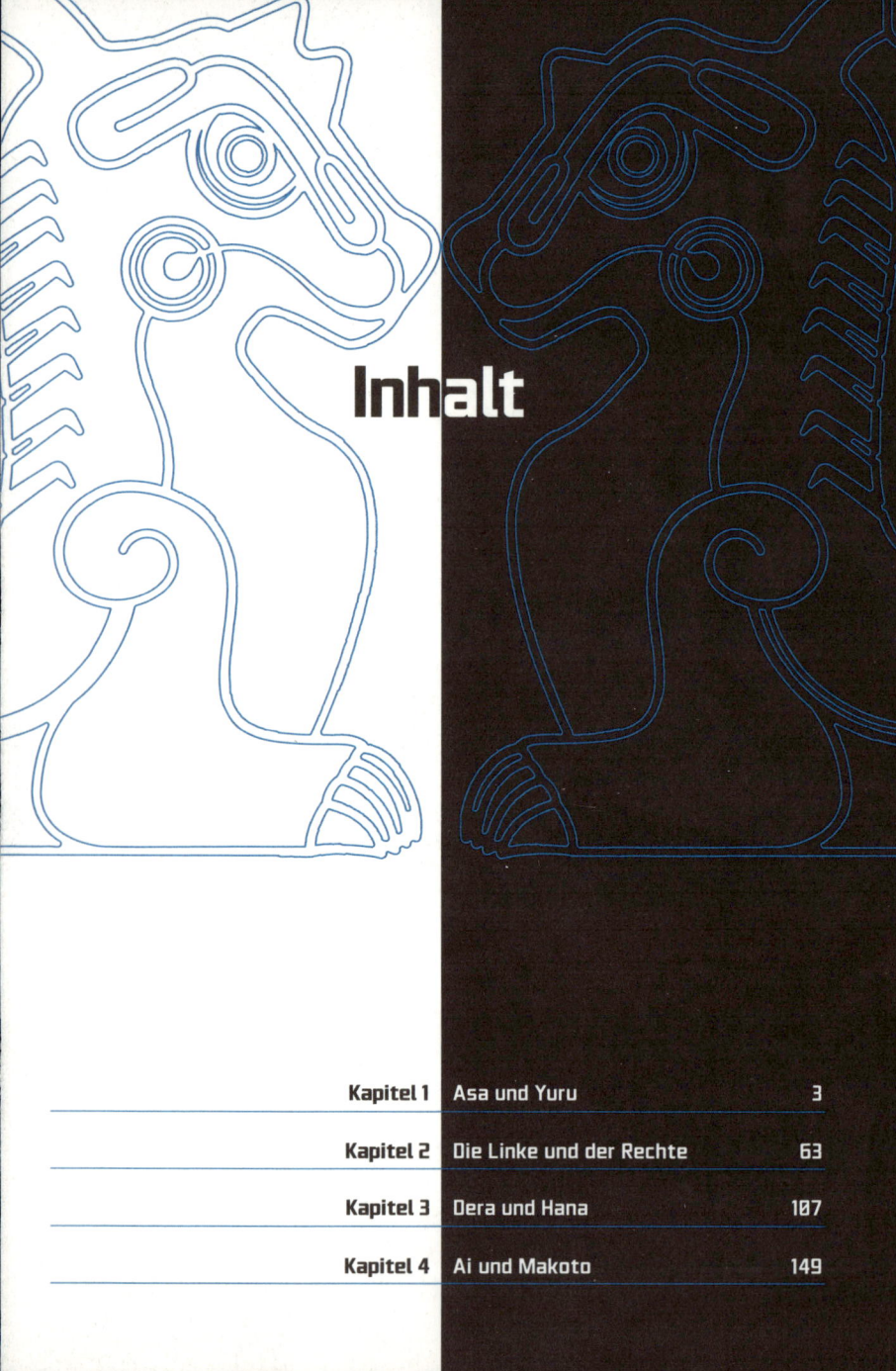

Inhalt

Kapitel 1 — Asa und Yuru

Wääh
Wääh
Aah
...

Wääh Wäääh Wäääh Wäääh

Kinder,
die die
Nacht
vom Tage
trennen,
wurden
geboren
...

Wääh

ごおおおおお。 GW
ooo.o

Ein
schöner
Drachen-
furz.

おおおおおおおお。
oooo h

Das
Wetter
schlägt
um.

Ich
sollte
schnell
zurück
und die
Feldar-
beit er-
ledigen.

Oh, Danji. Ich bin zurück.

Hey! Ich rede mit dir!

Yuru!

Ist doch alles gut.

Du könntest keine Hilfe rufen.

Was, wenn dir in den Bergen was passiert?

Tut mir leid.

Warum hast du mir nicht Bescheid gesagt?

Warst du etwa wieder alleine jagen?

* Sayu bedeutet »links & rechts«.

Sayu* beschützt mich ja.

Wohl eher Eintopf.

Heut gibt's Bratvogel!

Gar nicht.

Wow! Du hast einen Bergvogel gefangen! War das schwer?!

Ja, bitte.

Soll ich euch später helfen?

Vielleicht regnet es seit Langem mal wieder.

Hey!

Das Wetter schlägt bald um.

Yuru, willkommen zurück!

Willkommen zurück, Yuru.

Bin wieder da, Großmutter Yamaha.

Oh, du hast Danji dabei! Der kommt gerade recht!

Nimm dir mal ein Beispiel an Yurus Eifer!

Hey!

Ich bin weg!

Urgh! Mama!

Komm, hilf uns bei der Arbeit!

Geht es Asa gut?

Wie immer erfüllt sie ihre Pflicht tadellos.

Ja.

Asa!

Wie geht's dir?

Du bist zurück, Bruderherz!

Ich wollte ein Wildschwein oder einen Hirsch erlegen.

Ist es nicht.

Heute hab ich einen Bergvogel gefangen.

Das ist ja toll!

Ich muss mehr jagen gehen und für getrocknetes oder gepökeltes Fleisch vorsorgen.

Im Winter werden wir vielleicht weniger zu essen haben.

Da es so wenig geregnet hat, mach ich mir um die Felder Sorgen.

Schon möglich.

Ob die Männer und Frauen des Dorfes wohl zum Arbeiten in die Außenwelt gehen werden?

Nein!

Was glaubst du, wozu ich meine Jagdfähigkeiten trainiere?!

Wirst du dann auch gehen?

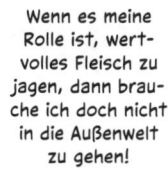

Wenn es meine Rolle ist, wertvolles Fleisch zu jagen, dann brauche ich doch nicht in die Außenwelt zu gehen!

Mach dir keine Sorgen, Asa.

Ich werde dieses Dorf niemals verlassen.

Du wirst uns nicht zurücklassen, wie Vater und Mutter?

Okay!

Ich beschütze dich!

Solange du hier bist, werde ich an deiner Seite bleiben!

Yuru.

Was?

Ernst.

...

Das ist von denen, die in der Außenwelt arbeiten.

Danke, dass du immer alles herbringst.

Dera ist da.

Es gehen Krankheiten um.

Wirtschaftlich nicht allzu gut.

Wie läuft es in der Außenwelt?

Das ist guter Stahl.

Dann bringe ich nächstes Mal einen Schamanen mit.

Wirklich?

Mein Kind wird bald sieben Jahre alt.

Ich tausche gegen Salz.

Hast du Samen von Gemüse, das Trockenheit gut übersteht?

Darum kaufe ich euch heute Heilkräuter zu einem hohen Preis ab.

Gib mir ein Magenmittel.

Das hier wirkt einfach am besten.

Na klar.

Okay, hier ist das übliche Schmerzmittel.

In letzter Zeit sind meine Kopfschmerzen schlimm.

Krsch

Krsch

16

Nicht wirklich.

Möchtest du etwas?

Dera.

Oh, Yuru, wie ist die Lage?

... aber hast du ein Souvenir für Asa?«

Richtig?

»Ich brauch nichts ...

Fwipp'n

ほ゜ん

Super! Die kann ich teuer verkaufen!

Was? Du hast Bergvogelfedern?!

Danke.

Nur be-stimmte Personen dürfen sie se-hen.

Dann besieg mich doch erst mal!

Sag doch so was nicht, Bruder.

Glaub nicht, dass ein Banause wie du sie treffen könnte.

Ab-solut un-mög-lich!

Eigent-lich hab ich deine Schwester noch nie gesehen! Existiert sie wirk-lich?!

Asa hat eine wichtige Aufgabe!

Du bildest sie dir doch ein!

Sieh.

Da ist wie-der ein schöner Drachen-furz.

Was ist das?

Ist das nicht das Brül-len eines Drachen?

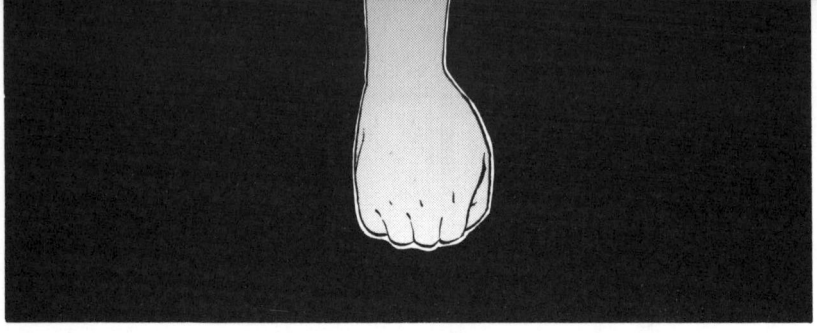

Ob er in der Nähe ist?

Es wird lauter, oder?

Nein, noch nie.

Hast du schon mal einen Drachen gesehen?

Ich hab es beim Jagen in den Bergen bereits mehrmals gehört.

Das klingt doch anders.

Nee.

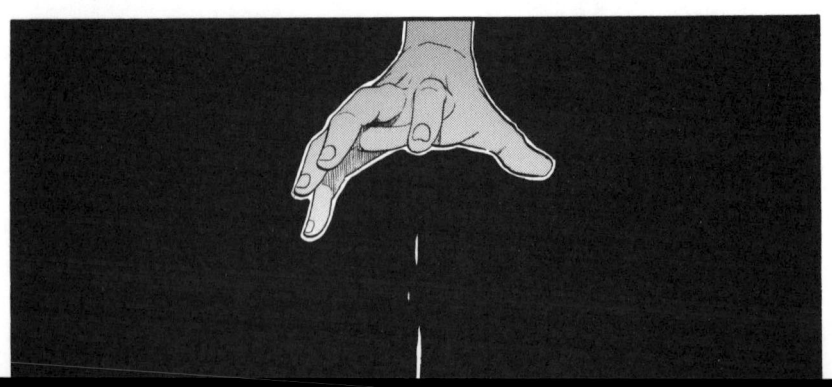

Blamm Blamm

Was zum ...?!

Das ist übel.

Was in aller Welt ...

Ya-ma-ha!

Groß-mutter Yamaha!

Flapp
Flapp Flapp
Flapp
Flapp
Flapp

Aber
wie?!

Wie es
scheint,
wurde die
Barriere
durch-
brochen.

Auf den
unteren
Feldern,
glaube
ich!

Wo
ist
er?!

Ja!

Ich weiß
es nicht,
aber sie
wollen
sicher
Yuru.

Wir
müssen
ihn ver-
stecken!
Bringt ihn
zu mir!

Los!

Urks.

Aah!

Alle wurden getötet ...

Was ist hier los?

!

Bleib dicht bei mir, Danji!

Mama, bitte sei am Leben.

Halt!

Das ist der Junge!

WaPP

FWUPP

Was ist das? Es scheint tödlich zu sein.

Da kam was Komisches geflogen!

Dosch

Domm

Hng!

28

Sind das überhaupt Drachen?

Gegen die haben wir keine Chance.

Sie sind am äußeren Befestigungsring.

Flapp Flapp Flapp Flapp Flapp

Wir benutzen den Geheimgang.

?

Tapp

...

Du gehst doch sicher zu Asa, oder?

Mama arbeitet bestimmt wie immer im Burgfried.

Klatter Klatter

Hilf mir mal, Danji.

Was?

Wie?

Klatter

Na los!

Klatter

Was?! Davon wusste ich nichts!

Das ist ein Geheimgang zum Burgfried.

... Sayu beschützt mich.

Ich sagte doch ...

Sei bitte unversehrt.

Asa ...

Flapp

Flapp

Flapp

Flapp

Flapp

Hallo.

Happ.
Happ.
Happ.
Happ.
Happ.
Ritsch
Krack
Knirsch
Und happ.
Aah!
A...
Ah ...
Ma...

Aaaagrh

Kinder beiße ich nicht.

Ah...

Ah...

Ah...

Hrapp

はんん

A...

Happ.

Plitsch

Platsch

Die Bodentruppen können kommen.

Die Befestigungsringe sind so gut wie unter Kontrolle.

Hallo, Gab hier.

Bamm

Hallo, jemand dran?

...

Die Barriere wurde durch-brochen.

Was nun?

Oje, oje.

Ich bin's.

Hallo, Hana?

Klapp
Piep

Können wir den Treffpunkt ändern?

Ja.

Kannst du den Rauch sehen?

Genau.

Ja, sie wissen wie erwartet Bescheid. Das ist übel.

...dass Asa hier ist.

Ich glaub...

Spratz

Asa!

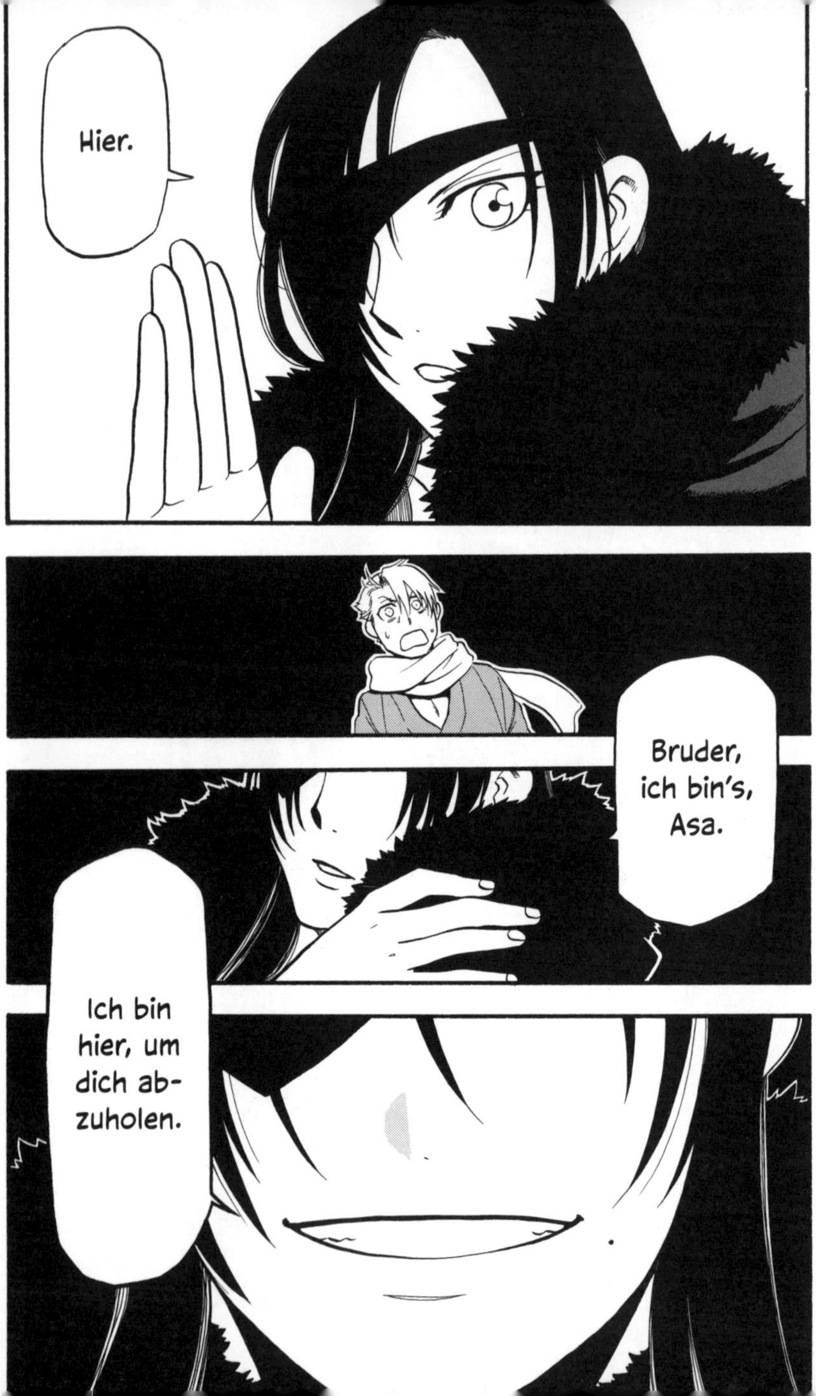
Hier.
Bruder, ich bin's, Asa.
Ich bin hier, um dich abzuholen.

... um alle außer dir ...

... zu tö- ten.

Und ...

E... Eine wie du kann niemals meine Schwester sein!

Was redest du da?!

W...

Aus dem Weg!

Fwapp

Badomm

Sie haben sich also als Bergrettungshelikopter getarnt, um herzukommen.

Wäre echt lästig, wenn sie uns auf der Flucht ständig von oben folgen würden.

46

Ich wollte nur den Pfeil zerbrechen ...

Tut mir leid.

... aber ich bin das hier noch nicht gewöhnt.

Fsch

Fsch

Fsch

Brrm

Brrm

Brrm

Kuller

Kuller

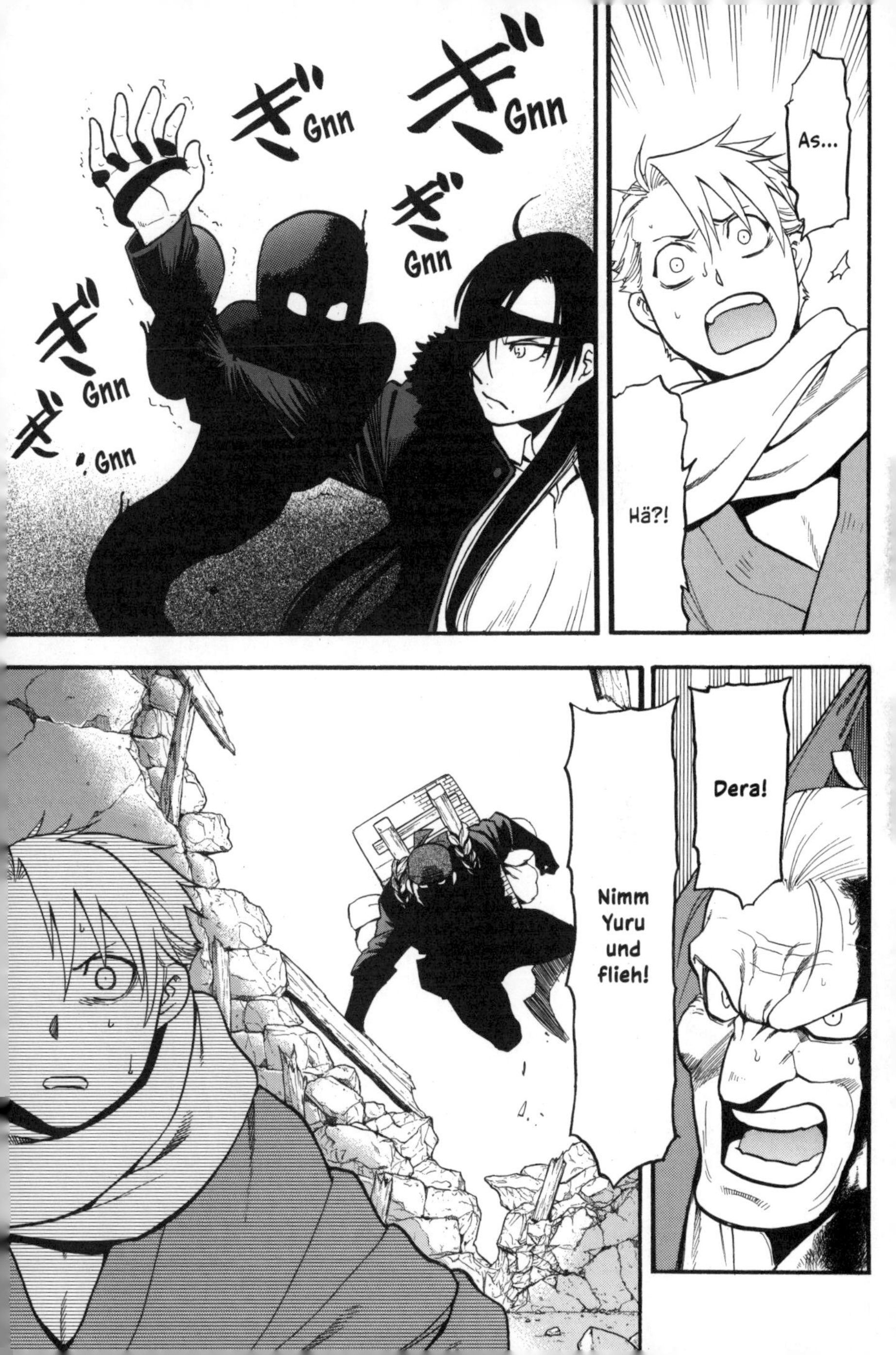

As...
Hä?!
ぎ Gnn
ぎ Gnn
ぎ Gnn
ぎ Gnn
ぎ Gnn
Dera!
Nimm Yuru und flieh!

Yuru!

Yuru?!

Wir gehen weiter den Berg runter!

Folge mi...

Puh

Bamm

Mist!

Blamm

waaah!

Shit! Wie sollen wir hier weg-kommen?!

Was zum Teufel passiert hier?

Was soll das alles?

Warte, Dera.

Wenn das Gebiss-Mädchen aufkreuzt, nehmen sie uns in die Zange.

Asa
ist
tot
...

Halt ...
Ist sie es
wirklich?
Irgendwas
hatte sich
bewegt.

Und
wir
haben
Groß-
mutter
zurück-
gelassen.

Wer
ist diese
Frau?

Sie
will
alle
tö-
ten.

Dabei
hat nie-
mand
etwas
Böses
getan.

Was?

Sayu?

Yuru,
benutze
Sayu*.

Ich habe
keine Zeit,
dir alles zu
erklären.

Ku-
geln
hab
ich
auch
keine
mehr.

Setz
das in
das Loch
im Stein-
pflaster
in der Mitte
von Sayu
ein.

Wovon
redest
du?

Hier.

Keiner erklärt mir was!

Ehrlich, was soll das?!

Was?!

Das ist ein Geschenk von mir!

Ich verstehe kein Wort!

Mach einfach! Nur du kannst es tun!

Tschack

Der Platz sollte doch regelmäßig sauber gemacht werden! Kratz ihn raus!

Das Loch ist ja voller Dreck!

Es ist drin, Dera!

Skrsch

Ratter
Ratter
Ratter
Ratter

?!

?!

Krack

Uooo
oh!

Krrk
Krrk
Krrk
Krrk
Krrk

Was
...

do

DO

do

Zu Fuß den Berg runterzu-steigen, ist doch ätzend!

Das war mein Taxi!

NOOOO!

Tsching

Ja-ja.

Beruhigt euch, ihr zwei.

Tsching

Ver-
mutlich die
Tsugai von
jemandem.

Irgend-
was ist
erschie-
nen.

Unser
Meis-
ter ist
dieses
Mal ein
Kind.

Hey,
hey,
hey.

Hof-
fentlich
sind sie
schwach.

Es
sieht
leicht
zu be-
herr-
schen
aus
...
Linke.
...

Egal ob
Kind oder
Erwachsener,
wir gehorchen
den Befehlen
des Meisters
...
Rech-
ter.

Monster.

Geister.

Kryptiden.

Ungeheuer.

Dämonen.

Jene, die paarweise auftreten.

Na ja, je nachdem, wer sie sieht, haben sie viele Namen. Es gibt keine einheitliche Bezeichnung, aber ...

DAS **BAND** DER
UNTERWELT

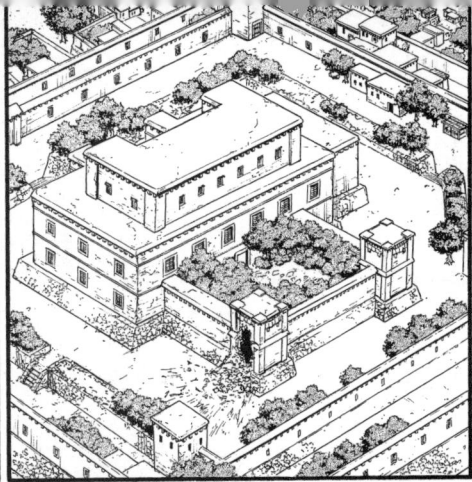

WUPP

Grapp

!

DO

do

Wir werden euch das niemals verzeihen.

Groß-mutter Yamaha!

Ich sor-ge dafür, dass ihr bestraft werdet.

!

Wir haben von hier aus über dich gewacht, Meister Yuru.

Verstehst du?

Sayu hat uns stets im Blick.

* Sayu bedeutet »links & rechts«.

Es ist mir eine Ehre.

Seid gegrüßt, Sayu.

GWUPP ぐり

Lass das.

Bereite ihm keine Probleme.

GWUPP ぐり

Dieses flennende Balg soll mein Herr sein?

Der stammt aus der Außenwelt.

Wir haben dieses Teil da vom Himmel geholt, da es euch Probleme zu machen schien. Was ist das für ein Vogel?

Wir haben dich schon oft gesehen.

Du bist der Tsugai-Wächter, Dera.

Ich möchte, dass ihr uns dabei helft, diesen Ort so schnell wie möglich zu verlassen.

Ich habe mindestens zwei gefährliche Individuen ausmachen können.

Jedenfalls haben wir jetzt für langwierige Erklärungen keine Zeit.

Dera.

?

?

?

Du bist nicht unser Meister.
Unser Herr ist Yuru.
Wir folgen seinen Befehlen.
Das mag zwar sein, aber uns fehlt die Zeit für Erklärungen.
?
?
Wir müssen weg von hier.
Mann.
Da sind ein paar ziemlich starke Typen aufgetaucht.

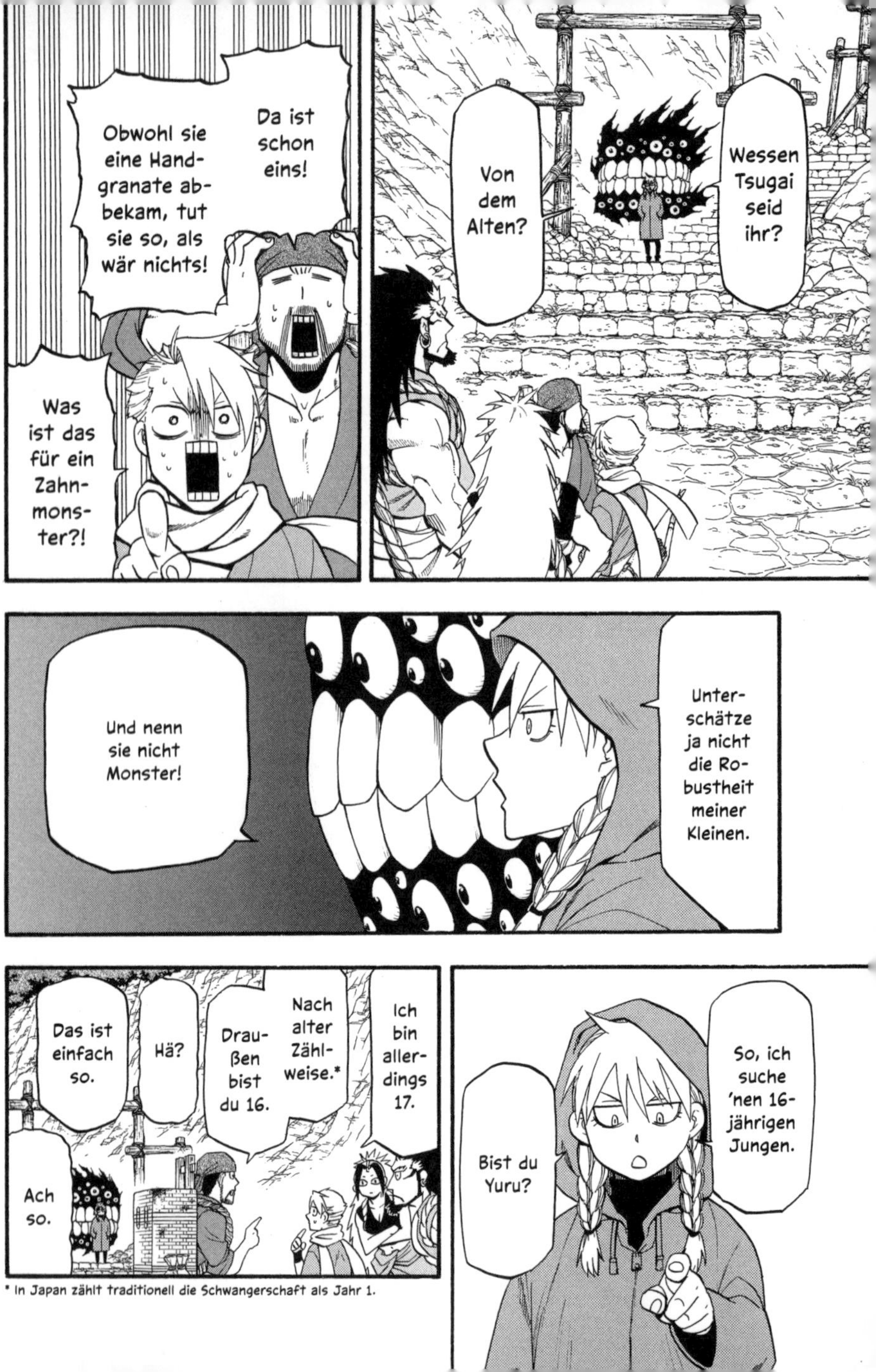

Obwohl sie eine Handgranate abbekam, tut sie so, als wär nichts!

Da ist schon eins!

Was ist das für ein Zahnmonster?!

Von dem Alten?

Wessen Tsugai seid ihr?

Und nenn sie nicht Monster!

Unterschätze ja nicht die Robustheit meiner Kleinen.

Das ist einfach so.

Hä?

Draußen bist du 16.

Nach alter Zählweise.*

Ich bin allerdings 17.

Ach so.

Bist du Yuru?

So, ich suche 'nen 16-jährigen Jungen.

* In Japan zählt traditionell die Schwangerschaft als Jahr 1.

Du kommst mit mir.

Tsching

Sieh an. Du bist also Asas Bruder.

Ich werde alle töten, bis auf dich, Bruder.

Asa ...

Ja, das war ich.

Hast du die anderen im Dorf ...

... etwa getötet?

Du musst uns nur den Befehl geben und wir tun, was du von uns verlangst.

Meister.

Es wäre anmaßend von mir, Befehle zu erteilen.

Ihr seid Schutzgötter.

Ich befehle...

Aber ich habe zwei Bitten.

Daher werde ich das lassen.

...euch nichts...

Es sollten noch einige am Leben sein.

... bitte die restlichen Bewohner in Sicherheit.

Bringt zuerst ...

Und dann bitte ich euch ...

... dass ihr die Finger von dem Mädchen lasst.

Sie gehört mir.

Den Rest überlasse ich euch.
Wa ha ha ha! Großartig!
Er lässt uns freie Hand!
Was für ein Glück, Linke!
Dein Wunsch ist uns Befehl!
Domm

Die Linke fackelt nicht lange.

Gib acht.

Ich beschütze die Dorfbewohner.

Gwomm

Wie ich ihn umsetze, entscheide ich selbst.

Der Meister hat mir einen Befehl erteilt.

Tschock

A...

W...
Wa...

Aaaaah

Gleich
kommt
noch
einer!

Schwitz

FWiPP

Hey!

Hey!

Ich hol sie mir!

Dieser Tsugai hält was aus.

Ach, Mensch!

Lasst uns von hier abhauen!

Was macht ihr denn?!

Hey.

Lebst du?

? む に ? む に Kneif

Kneif

Kneif む に

Zum Glück bist du unver- letzt.

Kneif む に Kneif む に

Das ist nicht dein Blut.

?

?

Geht doch.

Ach, stimmt ja.

Ich bin nicht sicht- bar für dich.

? ?

Hab keine Angst. Ich bin kein Monster.

Tadah
んぱ

Ups.

バッ

Dompf

Ich bringe dich jetzt an einen sicheren Ort.

Bei Erwachsenen zeigen sie keine Gnade, aber Kinder rühren sie nicht an.

Das verletzt mich.

Was kippen die bloß alle um, sobald sie mich sehen?

くん
Schnüffel

！

Dieses Mäd-chen ...

Diese jungen Leute! Keiner lässt mich ausreden!

Hey!

だ！っ
Tapp

みし
Krrt
Krrt
みし
Krrt
みし
Krrt
みし
みし
Krrt
Krrt

Krrt
みし
Krrt
みし
みし
みし
Krrt
ぎ
Gnn
ぎ
Gnn
ぎ
Gnn
ぎ
Gnn
みし
Gnn
ぎ
Gnn
みし
Gnn
き
Gnn
ぎ
Gnn
ぎ
Gñn

Gnn Gnn
Gnn
Gnn Gnn
Das darf nicht wahr sein!
Ich bin doch in der Über-zahl!
Huu

Zisch

Ratsch

aaaaah! aA

DO

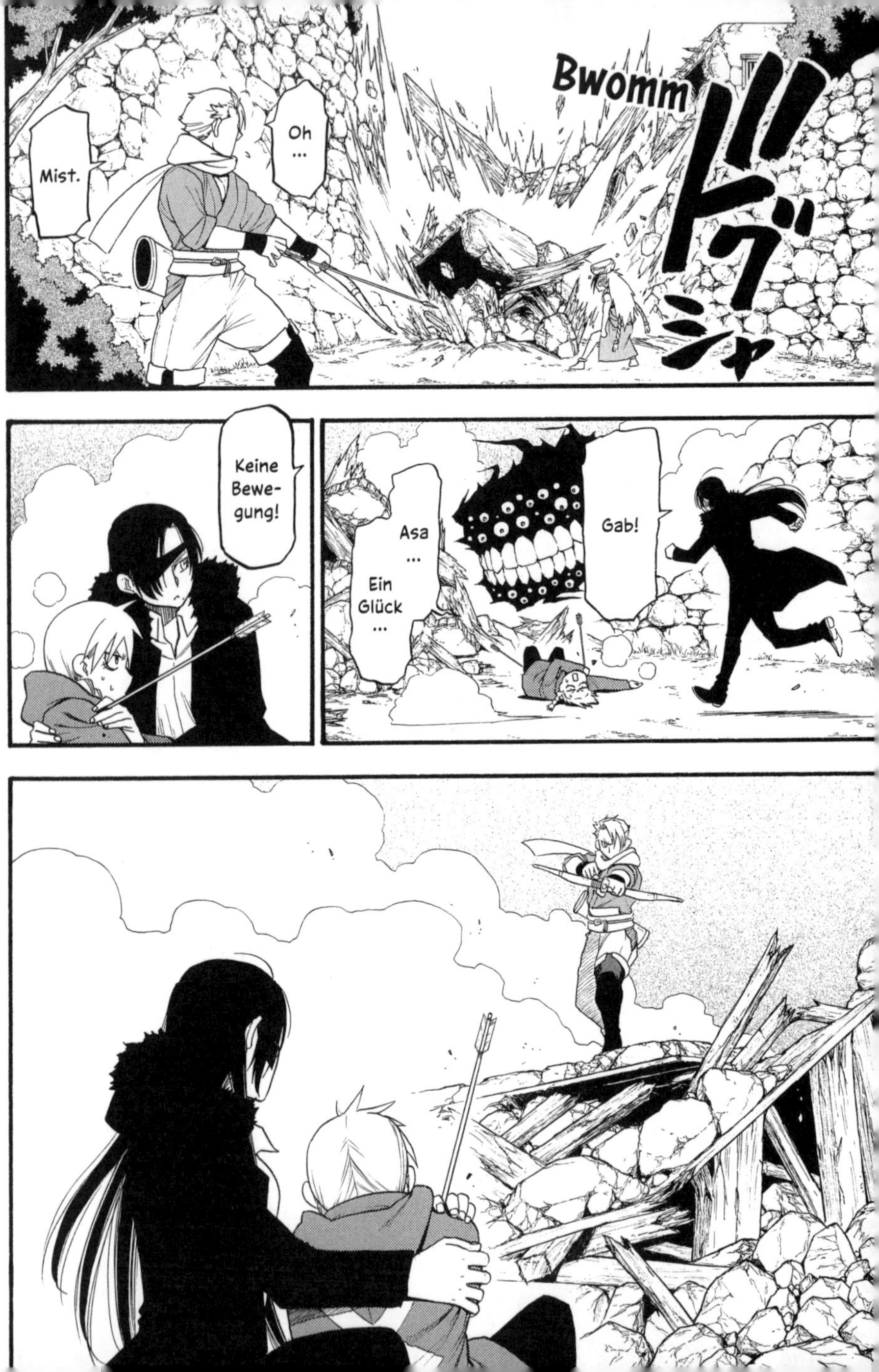

Bwomm
ドグシャ
Oh ...
Mist.
Gab!
Asa ... Ein Glück ...
Keine Bewegung!

Du bist ihr Bruder, nicht?

Das Blut von diesem Mädchen hat denselben Geruch wie das von Yuru.

Was ?!

Sie ist eine Fälschung.

Und was ist dann mit der Asa, die am Burgfried ihren Dienst leistet?

Großmutter hatte Angst, dass auch du das Dorf verlassen würdest.

Vor zehn Jahren bin ich von hier weggelaufen.

ず's ず's

ず's ず's s ず'

ず't ず's

Die Liebe zu deiner Schwester würde es dir verbieten, dieses Dorf zu verlassen, solange sie da ist.

Sie hat diese Asa dort platziert, um dich hier festzuhalten, Bruder.

... ist nicht echt.

Diese Asa ...

Jetzt, da euer emotionales Wiedersehen geglückt ist, wäre es toll, wenn du von hier abziehen könntest.

Wenn du noch länger hierbleibst, könnte es mehr Opfer geben.

Sie hat es auf dich abgesehen.

Dera!

Ich kann noch nicht abschätzen, wie stark ihre Fähigkeiten sind.

Los.

Kritsch
むしりっ

Au, au, au.

Du hättest ihn fangen können!

Dein Bruder kennt wirklich keine Gnade.

Peh

Ja.

Hätte ich dich verletzt zurücklassen sollen?

Zumindest weiß ich, dass er unversehrt ist.

Ja.

Er ist ein guter Schütze.

Ja.

Und ihm geht es gut.

Er lebt ...

Mein
Bruder
lebt!

Wir müssen schnell von diesem Berg herunter.

Die Barriere schließt sich wie-der.

Was war das für ein Helikopter vorhin?

Viel-leicht ist ja jemand verun-glückt.

Auf diesem Berg sollen öfters Men-schen ver-schwinden.

Genau! Man wandert auf dem Berg und findet sich plötzlich in einer anderen Welt wieder!

Du meinst *Mayoi-ga*!

Gibt es nicht Ge-schichten, die man sich ... ... über diesen Berg er-zählt?

Die meisten bleiben verschol-len.

Und wenn man später erneut die-selbe Stelle aufsucht, ist davon keine Spur zu sehen.

Oder man findet Siedlun-gen, die es nicht geben sollte.

Tapp
Tapp
Tapp
Tapp
Tapp
Tapp
Tapp
Tapp

Hi!

Oh!

Guten Tag!

Tapp Tapp Tapp Tapp Tapp Tapp Tapp Tapp Tapp Tapp

Vielleicht sind es Jäger.

Die tragen ja einiges.

Diese traditionelle Kleidung hat schon was ...

Tapp Tapp Tapp Tapp Tapp

Der Wind ist so stark!

Was w... ...?

Schnell runter vom Berg!

Wosch

Oh
...

Das würde ich nicht sagen.

Heißt das, es gibt keinen Weg zurück?

Es ist wieder hinter der Barriere.

Das Dorf ist unsichtbar.

...um dich zu schnappen, hat es keinen Sinn mehr, sich dort zu verstecken.

Aber da der Standort des Dorfes nun bekannt ist und jemand diese Barriere zerstört hat ...

... in der Außenwelt unterzutauchen.

Es wäre besser ...

Uwah!

Krrrt

Krsch

!

W... Was sollte das, Dera?

Wir sind spät dran, Hana.

Du hattest von einem Menschen erzählt!

Davon, dass du Tsugai im Schlepptau hast, war nicht die Rede!

Tut mir leid. ♡

Oh!

Sie kann uns sehen.

Wichtig ist jetzt erst mal, dass wir schnell hier wegkommen.

Dompf

Dompf

Die Details erzähl ich dir unterwegs.

Kapitel 3

Was ist das für ein Kasten?

Wow!

Ein Stahlklumpen!

Sayu, das hier ist ... die hören gar nicht zu.

Er ist also einer der Zwillinge.

Die haben es auf Yuru abgesehen.

J...

Patamm

Ja.

Freut mich, Yuru.

Dera und ich sind als Tsugai-Wächter aktiv.

Ich bin Hana.

Nein, es ist keiner da.

Dieser Weg ist sicher.

Sayu ... ... sind hier in der Nähe andere Personen mit Tsugai?

Was ist das?

Ich seh schon ...

Ich soll in dieses gruselige Teil hineinsteigen?

Steig ein, Yuru!

Gut! Dann lasst uns schnell an einen Ort mit vielen Menschen gehen.

Hana ist die Kutscherin ...

Es wird aus Eisen hergestellt und, äh ...

Das ist ein Auto. Es ist ein Transportmittel.

Vrrrm

Patsch

Hier drinnen stecken Pferde und ...

... auf jeden Fall ist das Teil extrem schnell!

Im Ernst ...?

Aha! Das erklärt einiges. Alles klar.

Kapitel 3 Dera und Hana

Also, nachdem wir Sayu befreit hatten, brachten sie die feindlichen Helikopter zum Absturz und fegten den gegnerischen Tsugai weg. So sind wir entkommen.

Ich habe versucht, mich um alle Soldaten zu kümmern, die ich finden konnte, aber es waren wirklich viele.

Wuschel Wuschel

Es ist sicher der Kagemori-Clan.

Ja.

Die haben Soldaten geschickt? Was für ein lästiger Feind.

?

?

Die Kagemoris?!

Wir müssen auch umziehen.

Ich rasier mich besser.

Sie kennen meinen Namen und mein Aussehen.

!

Och nö. Das war's mit meinem friedlichen Leben.

Im Ernst ?!

Tock Tock

Ich kann spüren, dass sich ein Tsugai nähert.

...

Seid unbesorgt.

Sie will uns nichts antun.

Was?! Geht's mit dem Ärger jetzt schon los?!

Hat sich jemand unbemerkt an uns geheftet?

Wir sind Freunde.

Lange nicht gesehen, Linke, Rechte.

400 Jahre ist es her.

Wa ha ha ha ha

Es ist so viel Zeit vergangen, dass sich alles verändert hat.

Dass ihr hier seid, bedeutet, ihr habt einen neuen Meister gefunden.

Wie schön! Ich mag Kinder!

Unser Herr ist dieses Mal ein Kind.

Er ist einer der Zwil-linge, die die Nacht vom Tage trennen.

...
Viel Glück.
Frrrr

Was wollt ihr jetzt tun?

Tja.

Fürs Erste verstecken wir uns in einer belebten Siedlung.

Gute Reise.

Erzählt mir davon, wenn ihr wieder hierherkommt.

Wieh

Ach so.

Es gibt sie wirklich!

Das ist das erste Mal, dass ich sie sehe!

Liga ...?

Sie spielt in einer ganz anderen Liga als herkömmliche Tsugai!

Sie ist mächtig!

Das war die Gottheit Oshira!

Hab gefälligst etwas Respekt!

Und das war ...?

Auf uns haben sie nicht so begeistert reagiert.

Ich versteh's nicht.

Im Dorf waren wir doch auch eine Schutzgottheit.

Ich bin froh am Leben zu sein.

Dass ich sie in meinem Leben noch zu Gesicht bekommen würde!

Ja.

Solche Kategorisierungen wurden allerdings willkürlich von Menschen erstellt.

Es gibt also ganz verschiedene Tsugai.

Manche nennen wir Gott-heiten ...

... andere Dämo-nen.

Die Ein-teilung in Klassen.

Kate... was?

Das Zahn-monster ist sicher auf Kämpfe speziali-siert.

Ein Tsugai für den obe-ren und einer für den unte-ren Kiefer.

Es gibt welche, die den Menschen Glück bringen, und andere, die sie zu Verbrechen verleiten.

Oshira ist ein Tsugai, der fried-lich mit den Menschen zusammen-lebt.

Es gibt auch solche, die ihre Meis-ter verspei-sen, wenn sie ihnen nicht zusagen.

Ehem. Higashimura-Bergwanderweg 2.0 km

Er ist ganz schön spät.

Ich habe Netz. Wir müssten also draußen sein.

Sag bloß, wir sind noch in der Barriere.

Da sind sie!

Wir sind etwas spät.

d 2 km vom ng entfernt

Wartemodus

Wo seid ihr je

Wir sollten gleich bei euch sein.

On my way!

Und sollten wir wirklich noch drinnen sein, öffnen wir sie halt mit Gewalt.

Danke, dass du extra hergekommen bist.

Da bist du ja, Jin.

Wir haben beide Helikopter verloren.

Man hat euch echt übel mitgespielt.

Eine Trage bitte.

Wäre ich nur mitgekommen.

Ein neues Tsugai-Paar ist erschienen?

Du redest, als hättest du nur Karies.

Das sind schwere Verletzungen.

Mein Bein wurde glatt durchbohrt.

In meiner Schulter steckt noch eine Pfeilspitze.

Es blutet nicht mehr.

Was machen deine Wunden, Gab?

An Schmerzen bin ich gewöhnt.

Das ist kein Ding.

Er ist abgehauen.

Ich sehe deinen Bruder nicht. Das heißt wohl, er ist ...

Oder befinden sie sich noch auf dem Berg?

Dann sind sie bestimmt über einen Geheimweg geflohen.

Wir haben alle Wege, die zu diesem Bergpfad führen, abgesperrt.

Mit einem Helikopter hätten wir sie verfolgen können.

Seid ihr ihnen nicht begegnet, als sie den Berg runter sind?

Du bist dir aber sicher, dass er es war?

Ja, er ist gesund und wohlauf.

Er war es wahrscheinlich auch, der die Soldaten erledigt hat.

Asas Bruder ist mit einem Typen namens Dera geflohen.

Häng dich rein, Jin.

Das gibt Ärger vom Meister.

Zwei Helikopter und die ganzen Soldaten ...

Der Ta-dera-Clan!

Dera ...

Dera gehört doch ...

Herr Kage-mori!

!

Seufz

Wieso musste ausgerechnet an dem Tag, an dem wir zuschlagen, ein Mitglied des Wächterclans da sein ...?

Ich hätte euch mit meinen Tsugai begleiten sollen.

Macht euch darum keine Sorgen.

Sie hat das getan, um mich zu beschützen.

Es ist meine Schuld.

Ich werde auch zum Meister gehen und den Ärger kassieren.

Dass Yuru entkommen ist, ist meine Schuld.

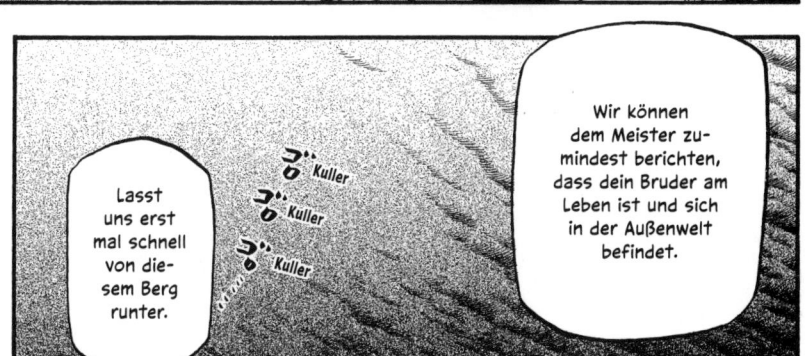

Lasst uns erst mal schnell von diesem Berg runter.

Kuller

Kuller

Kuller

Wir können dem Meister zumindest berichten, dass dein Bruder am Leben ist und sich in der Außenwelt befindet.

Asa, dein Bruder ist echt fies.

... mich bewegungsunfähig gemacht und dann meinen Arm angegriffen.

Das schon, aber es waren Yurus Pfeile, die mich drangekriegt haben. Zuerst hat er ...

Waren diese Tsugai denn so stark?

Wäre Asa nicht gewesen, hätten sie mich gefangen genommen.

Er ist nun mal ein Jäger durch und durch.

Tropf

Tropf

Endlich sind wir raus.

Mist ...

Rausch

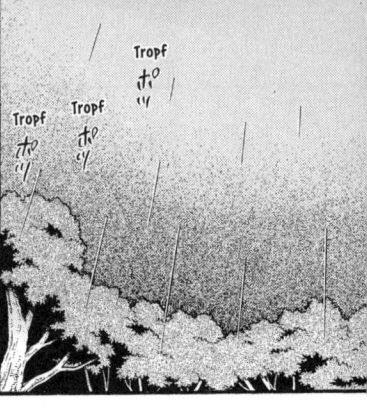

Tropf

Tropf Tropf

Wenn wir nicht bald zu Herrn Kagemori stoßen, werden wir zurückgelassen.

Los ...

Oh nein ...

...

Es bringt nichts ...

Wir stecken fest ...

Rausch

Wir sind hier schon fünf Mal vorbeige-kommen.

Dompf

Hier.

Kleidung und was zu essen.

Grüner Tee

Murashima-Textilwaren

Ein Stofftuch?

Ja.

Und das hier ist wie ein Hakama.*

?

Zieh dich bitte um. Mit deiner Kleidung fällst du zu sehr auf.

* Traditionelle japanische Stoffhose.

Reisbällchen müsstest du doch kennen.

Seetang

Pflaume

Gesalzen

Und was ist das?!

Hier hast du noch Sandalen.

Ach ja, im Dorf ist die Nahrung dürftig gewesen.

Reiner Reis?! Da ist kein Getreide druntergemischt? Wie kann das so hochwertig sein?!

Bist du seine Oma, oder was?

Probier mal das hier. Iss, so viel du willst.

So speisen die Götter ...

Das ist so lecker!

Der Kleinganovenlook steht dir echt gut.

...

... das auch ...

Es wäre schön, wenn Asa ...

Also ...

Das ist eine Rast-stätte. Hier kann man sich aus-ruhen.

Was ist das für ein Ort?

Hey, Dera.

Ah ...

Es ist ein Speisehaus mit Toiletten. Man kann dort auch lokale Spezialitäten kaufen.

Wollt ihr euch nichts zu essen hollen?

Wir bleiben hier bei Yuru.

Schon gut.

Möchtet ihr reingehen?

Wir passen auf ihn auf.

Gut.

Lass uns was futtern.

Na komm, Hana.

Müssen die Pferde hier drin nicht gefüttert werden?

Rührt den Fahrersitz nicht an, ja?

Die bekommen später Öl von uns zu trinken.

Wir sollten ihn nicht überfordern.

Dass seine Schwester nicht echt war, muss ein Schock gewesen sein.

Wie viel hast du ihm erzählt?

Wie nett von dir.

Ich mag keine Kinder.

Er ist noch ein Kind.

Ein Kind an der Backe und obdachlos. Du hast es nicht einfach.

Nein, wie gesagt kennen die meinen Namen und mein Gesicht. Meine Bleibe kann ich vergessen.

Und wie geht es weiter?

Das war lecker.

Ich werde tun, was ich kann.

Als Tsugai-Wächter von Higashimura ist das auch deine Aufgabe.

Das sagst du so, als hätte es nichts mit dir zu tun.

Soll ich euch zu deiner Wohnung fahren?

Dann lass uns heiraten, Hana.

Hmm ...

Trägst du die immer bei dir?

Gnn

Hier sind unsere Hochzeitsringe.

Auf dem Land fallen Fremde auf und im Nu verbreiten sich Gerüchte. Gehen wir in eine Großstadt.

Um Yuru zu schützen, müssen wir erst einmal untertauchen.

Wo steht geschrieben, dass ich DICH heiraten muss?!

Wir tun nur so!

Psst Psst

Wieso müssen wir gleich heiraten?! Es reicht doch, zusammen zu wohnen.

Ich trau es mir nicht zu, ihn allein zu beschützen.

Du spielst unseren alleinerziehenden Vater.

Dann könnte ich doch so tun, als wäre ich Yurus Schwester.

Als Familie finden wir schneller eine Wohnung. Außerdem wird man als Familie weniger argwöhnisch betrachtet.

So geben wir uns nach außen.

... und du bist meine junge zweite Frau.

Yuru ist mein Kind aus erster Ehe ...

Das alles würde für Aufsehen bei den Nachbarn sorgen.

Oder ein Vater, dessen Frau verstorben ist und der nun alleine zwei Kinder aufzieht?

Ein Vater, dem die Kinder aufgehalst wurden, weil seine Frau das Weite gesucht hat?

Er hat es sicher schwer.

Lasst uns ihm helfen, wenn er Probleme hat.

Der Arme.

Da war bestimmt Gewalt im Spiel. Oder eine Affäre.

Dem soll die Frau weggelaufen sein.

Ist es gar nicht!

Wie gesagt, nur zur Tarnung!

Das ist doch eine gute Idee!

Da mach ich nicht mit! Ich werde Jason St●tham heiraten! Das steht schon fest!

Welchen Nachnamen wählen wir?

Sagt mal ...

... ihr esst ja gar nichts.

Die Technologie hat sich ganz schön weiterentwickelt.

Wo sollen denn in dieser kleinen Kiste Pferde stecken?

Sei beruhigt.

Wir essen nicht dasselbe wie ihr Menschen.

Unser neuer Meister hat ein großes Herz.

Habt ihr gar keinen Hunger?

Rechte Gottheit und Linke Gottheit?

Als unser Meister kannst du locker mit uns reden.

Das klingt etwas steif.

Neue Namen sind auch okay.

Das überlassen wir dir.

Wie wollt ihr beiden eigentlich von mir genannt werden?

... und Linke.

Ja, gut ...

... dann Rechte ...

Ich komme direkt zur Sache. Was wisst ihr über mich und Asa?

Über das, was innerhalb des Dorfes passiert ist, wissen wir kaum etwas.

... saßen wir stets am Eingang von Higashi-mura. Wir sahen nur, wer ein und aus ging.

Ich will es nur gesagt ha-ben, aber 400 Jahre lang ...

Er hat mich zum Jäger ausge-bildet.

Ja.

Dein Vater hat dich seit dei-ner Kindheit mit auf die Jagd ge-nommen.

Eines Tages sprachen die Dorfbewohner davon, dass Zwillinge ge-boren wurden, später bist du dann aufge-taucht.

Wir sind also davon ausge-gangen, dass er nach der Geburt krank wurde oder aus einem anderen Grund verstorben ist.

Deinen Zwilling bekamen wir aller-dings nie zu sehen.

... wie dein Vater gemeinsam mit einem kleinen Mädchen aus dem Dorf ge-flohen ist.

Je-doch ... sahen wir vor zehn Jahren ...

Es war ein kleines Mädchen, dessen Blut genauso wie deines roch.

Ich habe die ganze Zeit gedacht, Mutter und Vater hätten Asa und mich im Dorf zurück-gelassen.

Sie ist also groß gewor-den und hat jetzt unser Dorf ange-griffen.

Aber zurück-gelassen wurde nur ich.

Das heißt ...

... die echte Asa weiß vielleicht, wo sich unsere Eltern aufhalten.

Ist was, Hana?

Eine ganze Menge. Ich bin jetzt jedenfalls deine Erziehungsberechtigte.

Gut.

Alles klar!

Da sind wir wieder.

Und schon hat er was angestellt!

Nein, ich war vorhin in den Büschen.

Wir sind gleich eine Weile unterwegs. Willst du sicher nicht auf Toilette?

Yuru.

Meine was?

Das heißt, ich muss meinen Kopf hinhalten, wenn du irgendetwas anstellst.

Wirklich?

So erregst du nur Aufsehen.

Und steig nicht aufs Auto.

Ist das wahr?

Für Leute, die wie du Tsugai befehligen, sind wir sichtbar.

Normale Menschen können Tsugai nicht sehen.

Aber die beiden sitzen schon die ganze Zeit auf dem Dach.

HEPP

Was ist denn los?!

Dann gibt es ab und zu welche, die ein gutes Gespür haben und uns erkennen.

Wieso bellst du?!

Wir können uns auch bestimmten Menschen zeigen.

Was ist das für ein Clan?

Ein ziemlich lästiger!

Ja, sogar über einige.

Verfügen die auch über Tsugai?

Dieser Kagemori-Clan ...

Sie sind quasi eine Zweigfamilie aus dem Dorf.

Sie haben Higashimura verlassen und ihren Einfluss in der Außenwelt ausgeweitet.

Ehrlich gesagt wollen wir nichts mit denen zu tun haben.

Wegen Meinungsverschiedenheiten haben sie sich vom Dorf getrennt.

In der Außenwelt haben sich Netzwerke ... Gemeinschaften gebildet, aus ehemaligen Einwohnern von Higashimura.

Vor Kurzem ging ein Gerücht umher, dass sich in der Kagemori-Familie dein Zwilling aufhalten soll.

Und es hat sich bewahrheitet.

Srrrt

Hallo Aoi ...

Warum läufst du weg ...?

Tapp

Wie soll ich dich sonst töten?

Hör auf!

Bleib weg!

Was redest du da?

Wenn du näher kommst ...

Hilfe ...

Halt ...

Tsching

Srrt

142

146

Hrapp

Wupp

Ssss·t·

Zuck

Du kannst
ihn sehen,
oder?

Wooh

I...
Ich
...

Du
hast
nichts
gese-
hen.

Diese Aufgabe habe ich von meinen Vorfahren übernommen.

Unsere Familien leben nämlich schon seit Generationen in der Außenwelt.

Uns hat man keine genaueren Informationen anvertraut.

Sie betonte mit Nachdruck, dass Asa und Yuru niemals das Dorf verlassen dürfen.

Großmutter Yamaha hat gesagt, dass wir niemals verraten dürfen, wo sich das Dorf befindet.

Was in den Köpfen der Dorfältesten vor sich geht, kann ich nicht sagen, aber ich muss meine Pflicht als Erbe des Tadera-Clans erfüllen.

Ich war noch kein einziges Mal im Dorf.

Ich bin für alle hiesigen Angelegenheiten zuständig.

Ich halte den Kontakt zum Dorf und leite den Warenhandel.

Kapitel 4

... sollen die Welt ins Chaos stürzen.

Zwillinge, die bei Sonnenaufgang während einer Tag- und Nachtgleiche in einem Dorf im Osten geboren werden ...

Dass Zwillinge wie ihr geboren wurdet, hängt wohl wirklich mit diesem Dorf zusammen.

Das letzte Mal ist unserem Wissen nach knapp 400 Jahre her.

In allen Fällen waren Menschen mit Tsugai involviert.

Und davor gab es eine Zeit, in der sich der Süden und der Norden bekriegten.

Damals brach ein Krieg zwischen dem Westen und dem Osten des Landes aus.

Yuru.

Irgendwann
möchte ich
sie Papa,
Asa und dir
zeigen.

Deine
Hei-
mat?

In meiner
Heimat
bedeutet
dein Name
»Nacht«.

Kapitel 4 Ai und Makoto

Lasst uns Wasser sparen!

Plitsch

ちょろろ

»Wasch dir die Hände.«

じゃごぼー

Swosch

»Nachdem du dein Geschäft erledigt hast, musst du mit Wasser spülen.«

»Mach das Licht aus, wenn sich niemand mehr im Raum befindet.«

Lasst uns Strom sparen!

ぽち

Klick

Reib

ごし

ごし

Reib

Dieses Teil da mag ich nicht. Es ist so laut wie ein Drache.

Hi fu fu fu
hi hi hi

Per-fekt!

Ich habe mir alles gemerkt, was ich bei einem Klo in dieser Welt beachten muss.

Nachts war die ganze Stadt von Lampen erhellt.

Wie kann man mit einem Schalter Feuer erzeugen?

Ist das nicht Wahnsinn, dass ich für Wasser nicht zum Brunnen muss?!

Laut Dera leben Dutzende Menschen in einem.

Das sind Wohnhäuser.

Der Anblick dieser Steinschlösser, die überall stehen, hat mich ganz schön überrascht.

Wie viele Fürsten es hier wohl gibt?

Wie viel Reis braucht man für so viele?!

In Tokio sollen mehr als eine Million Menschen leben.

Das hier ist nicht die Hauptstadt.

Die Hauptstadt ist echt belebt.

Hana hatte es mir gesagt ...

Wie heißt dieser Ort noch mal?

Wie kann das trotz der vielen Menschen nicht die Hauptstadt sein?

Wir sind wie die Nadel im Heuhaufen.

Ein Ort, der so von Menschen wimmelt, ist tatsächlich ein gutes Versteck.

Guntama.

Hab's mir gemerkt.

Guntama!

Und in diesem Heuhaufen willst du also deine Schwester ausfindig machen?

Hana und Dera sind keine schlechten Menschen.

Genau.

Das heißt aber nicht, dass ich der echten Asa blind Vertrauen schenke.

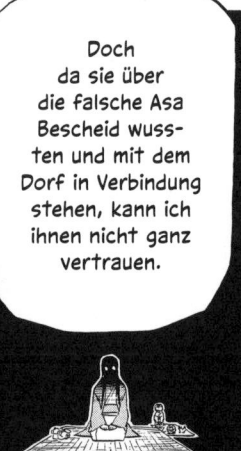

Doch da sie über die falsche Asa Bescheid wussten und mit dem Dorf in Verbindung stehen, kann ich ihnen nicht ganz vertrauen.

Ja.

Dann wären da noch deine Eltern.

Ich habe Fragen an sie.

Es muss einen Grund geben, weshalb sie mit ihrem Kind geflohen sind.

... ich muss Asa finden, damit sie mich zu meinen Eltern bringt.

Das heißt ...

Klingt nach Spaß!

Obwohl wir uns hier nicht auskennen, sollen wir jemanden suchen?

Helft ihr mir dabei?

Rechte, unser Meister steckt in der Klemme und du redest von ...

... Spaß.

Nach 400 Jahren haben wir endlich wieder was zu tun!

Wa'ha ha.

Sei doch ehrlich zu dir selbst ...

... Linke.

Alles klar.

In der Tat. Die Jagd liegt mir mehr als das Gejagt-werden.

Danke dir!

Ja.

Da bist du ja wieder.

Was ist das für ein Ding? Du be-nutzt es ziemlich oft.

Das hier?

Verstehe. Ein Rauch-zeichen-gerät!

So was in der Art halt.

Es macht Rauchzeichen, mit denen man Schrift und Sprache ver-schickt. Na ja, nicht wirklich.

Damit telefo... Das ver-stehst du sicher nicht.

Hmm

Wir können sofort einzie-hen.

Hana hat sich gerade bei mir gemel-det. Sie hat eine Wohnung für uns ge-funden.

Sie sind wirklich einfach gestrickt.

Endlich müssen wir nicht mehr im Auto schlafen.

Strom und Wasser haben wir schon.

Später kommt jemand wegen der Gasleitung.

So sieht es also in diesen Schlössern aus.

Wow!

Kommt herein.

Tatami?!

Yuru darf ins Tatami-Zimmer.

He

Oho

Dera, das Zimmer dort wird deins.

Das im Dorf waren Binsenmatten ...

Ooooooh
おおおおお

Und wie dick die sind! Ist das normal hier?!

Tatami wurden im Dorf nur für Asa oder zu besonderen Anlässen benutzt.

Darf ich wirklich hier schlafen?

おわぁぁぁ
Waaaah

Was für ein Luxus!

Patsch

だ

Patsch

ドし

Ich stell sie dir vor.

Oh, tut mir leid.

Aaaaaah

165

Wir sollten ihnen gebührenden Respekt entgegenbringen.

Das sind nicht irgendwelche Streuner.

Zack

Dompf

Die sollen Tsugai sein?!

Seid nett zu den beiden!

Meine Tsugai heißen »Zenkokoro«*.

* Sprichwort: »Eine Katastrophe folgt der anderen«.

505

Danno

Ich hoffe, das geht klar mit euch.

Da Deras Name aufgeflogen ist, benutzen wir meinen, ja?

Du hast einen Nachnamen, Hana?!

Hier sind Nachnamen überhaupt nichts Besonderes.

Gehörst du etwa zum Adel oder so?

Danno ...?

So heißt du nun auch, Yuru.

Den habe ich bloß geerbt!

Großgrundbesitz ?!

Hana besitzt übrigens einen ganzen Berg.

Übrigens braucht man auch einen Schein, um die stählerne Kutsche zu fahren.

Eine Erlaubnis.

Bei uns braucht man einen Schein, um zu jagen.

Einen was?

Darf ich dort jagen?

Weil sich niemand um den Berg gekümmert hat, ist er komplett verwildert. Und kaufen will den auch keiner.

Die Außenwelt ist so umständlich.

Sag das nicht so, als wär das nichts!

Okay
...

Hmm

Das lief nicht so, wie ich es mir vorgestellt hatte.

Oh!

Du bist ja fleißig.

Hey.

Meis-
ter!

Ja-
wohl.

Jin.

Räum
du das
wieder
auf.

übe
ruhig
weiter.

Solange
niemand
stirbt,
ist es
okay.

Es
tut
mir
leid.

Durch
meine
fehlende
Kontrolle
habe ich
den Gar-
ten ver-
wüstet.

Ai.

WUPP
ピョッ

Ja.

Gibt
es einen
Grund, dass
Sie zusam-
men hier
sind?

が
H.rapp
ば
ぁ

Wir
statten
Gab einen
Kranken-
besuch
ab.

Was?

Das wär doch nicht nötig gewesen.

Das freut mich.

Gabriel, geht es auch dir gut?

Wie geht es dir?

Dank Ihnen sehr gut.

Ups.

Ich habe nichts zum Schneiden dabei.

Ich besorg dir ein Messer.

Na klar!

Gab, möchtest du einen Apfel essen?

Ma-
koto.

Pling

Damit wollt ihr den Apfel schälen? Wo hast du dieses Messer überhaupt her?

Vielen Dank.

Hier.

Blörg

Jin, du bist echt ...

... noch niemand erstochen, glaube ich.

Keine Sorge. Damit wurde ...

Ja.

Gab, werd du erst mal wieder gesund.

Gut
...

Asa, du
wirst Gab
hier Ge-
sellschaft
leisten.

Schlürf

Das
gilt auch
für die in
unserem
Clan.

Sobald bekannt
wird, dass sich
beide Zwillinge
in der Außen-
welt befinden,
wird man nach
euch suchen.

Jin wird
nach Yuru
suchen.

Auf
diesem
Anwesen
bist du
sicher.

In
Ord-
nung?

Wie sieht er überhaupt aus?

Wie blöd! Ich hätte ein Foto machen sollen!

Ja-wohl.

Du kannst malen?!

Lern erst mal malen.

So!

Zu subjektiv.

Jin!

Ich werde über die Taderas nachforschen.

Danke.

Die Tsugai meines Bruders haben gute Nasen.

Sie können Menschen am Geruch ihres Blutes unterscheiden.

Nun werden sie mich nicht erkennen.

Da sie mich gesehen haben, habe ich ihn abrasiert.

Was ist mit deinem Bart?

Supi! Ein tolles Gefühl.

Gerade erst geheiratet und schon macht mich meine Frau fertig.

Du hast deinen Reiz verloren.

Das war doch das einzig Attraktive an dir.

Wie fies.

Ist das auch sicher...?

Sayu ist bei ihm. Was soll da schon passieren?

Yuru ist spazieren.

Er will die Gegend erkunden.

Wo ist unser Sohn?

Ich habe es nicht angerührt.

Hana, weißt du, wo mein Messer ist?

Wie weit er wohl für seinen Spaziergang geht?

Ich hatte es doch am Eingang abgelegt.

Ich hab ihm doch gesagt, er soll nichts anstellen!

Sollte er kontrolliert werden, kommen wir wegen Verstoß gegen das Waffengesetz in Teufels Küche.

Da unten ist alles voller Sterne.

Diese Welt ist der Wahnsinn.

Es ist alles so groß.

Nick Nick

Diese Welt ist riesiger als ich erwartet habe. Hier jemanden aufzuspüren, scheint mir fast unmöglich.

Wie toll! Das ist Geschwisterliebe!

Wa ha ha ha

Da sie auch nach uns suchen, werden wir sicher aufeinanderstoßen.

Hm

Dera hat gesagt, dass im Kagemori-Clan mehrere Personen über Tsugai verfügen.

So wie bei Oshira.

Wenn Tsugai in der Nähe sind, spürt ihr das, richtig?

Urgh
おえええ

Wo?

Hier ...?

Hier riecht es nach deinem Blut.

Und Tsugai gibt es auch.

Unsere Welt ist eine völlig andere. Glaube nicht, dass du dich mit uns wie mit Menschen verständigen kannst.

Du solltest Tsugai nicht nach euren Maßstäben beurteilen.

Was tun wir, wenn sie wie Oshira sprechen können?

Darf ich sie niederschlagen, wenn sie kommen?

Schnüff

Oh?

Was ein Vergleich ...

Ich stelle mir dann einfach vor, dass ihr wie Bären oder Wildschweine seid.

Aha.

184

Diese Typen riechen nach Tsugai und nach Asa.

... der Taderas. Genau.

Es ist möglich, dass sie bereits über alle Berge sind. Meld dich, wenn du etwas herausfindest.

Nein, nichts ...

Siehst du etwas?

Da wir sie bemerkt haben, müssten ihre Tsugai auch unsere Präsenz spüren können.

!

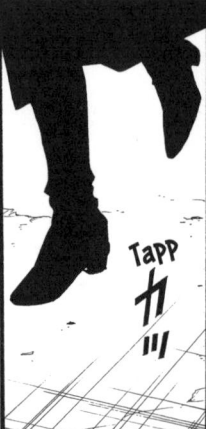

TAPP

Das sind Menschen.

Diese Männer in Schwarz da?

A...

Notausg

Das
ist
...

Das
Blut
riecht
nicht
frisch!

Halt!

Tsching

... dass du ihr Bruder sein musst.

Und da du auf diese Asa so reagiert hast, heißt das wohl ...

Ich hatte gehört, dass deine Tsugai eine gute Nase haben.

Und das ist mein Tsugai »Scavenger«.

Ich heiße Jin Kagemori.

Ich freu mich, dich zu sehen, Yuru.

Das Band der Unterwelt 1 – Ende

Im Tonkochtopf

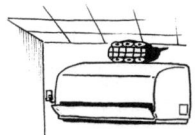

Zwischen Decke und Klimaanlage

In einer Papiertüte

Auf einem Roomba

In einem Pappkarton

Ein perfektes Duo

Okay.

Hey, wir sind auch ein Duo. Lass uns die Chance nutzen und Comedians werden.

Patsch

Und das soll witzig sein?

Wa ha ha

Krk

Krk

Schere, Stein, Papier!

Der Gewinner übernimmt den ernsten Part.

Dosch

Rechter!

Nein, sto...

Ich habe gehört, bei Comedy muss man immer alles geben.

Der ernste Part darf nicht über die Stränge schlagen.

Halt, Linke!

Kuhstall-Tagebuch: Ais Episode

Waaah アッ

Kätz-che...

Beim Zeichnen dachte ich mir: »Auf so eine Falle würde ich sofort reinfallen.«

Aah アッ

Hünd-che...

Da reichen selbst zehn Leben nicht aus.

Weiter geht's in Band 2!

Kuhstall-Tagebuch: Makotos Episode

Mir ist die Tinte ausge-gangen.

Oh!

Tinte

Makoto, gib mir Tinte.

Du kommst wie ge-rufen!

Tinte

Blörg ゲ ろ

ど ば

Plitsch

Beim Zeichnen dachte ich mir oft: »So gut könnte ich sicher nicht mit meinem Tsugai kom-munizieren.«

...

?

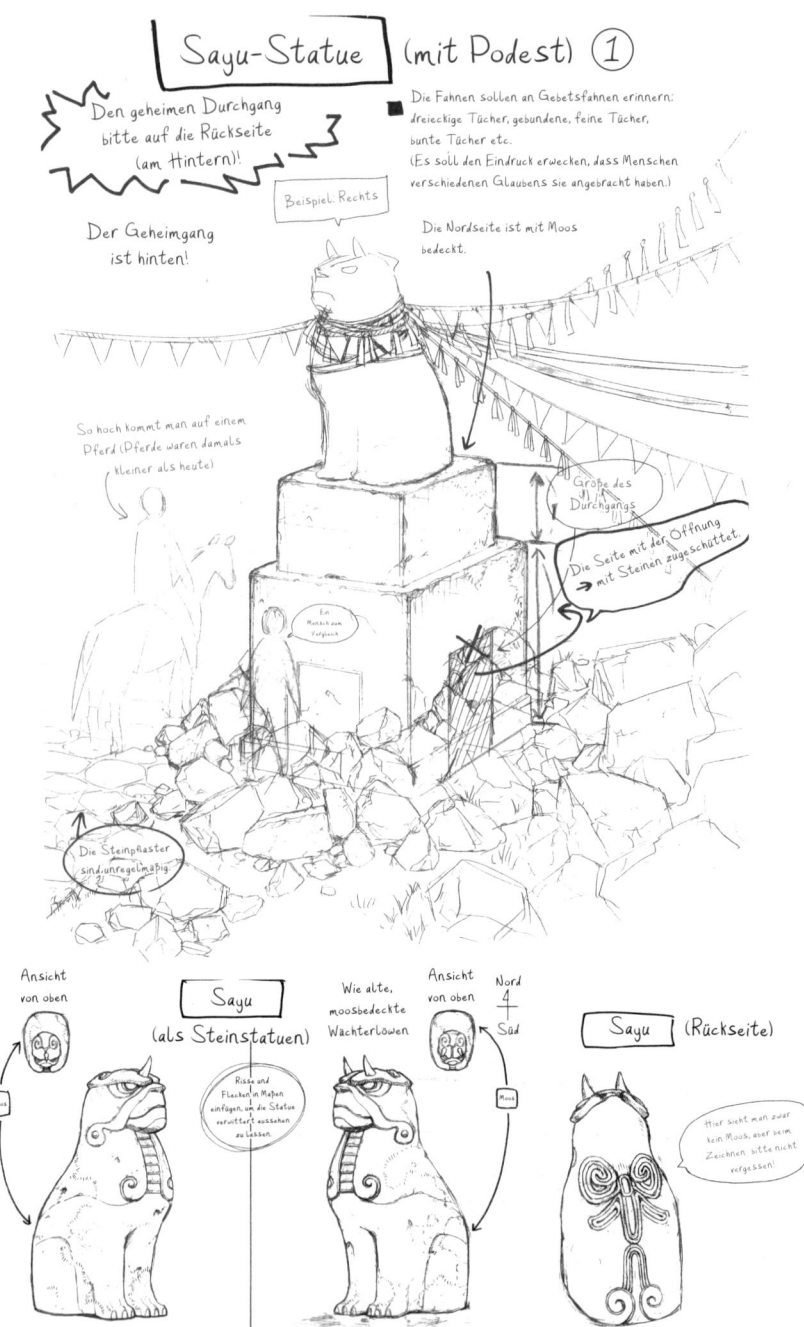

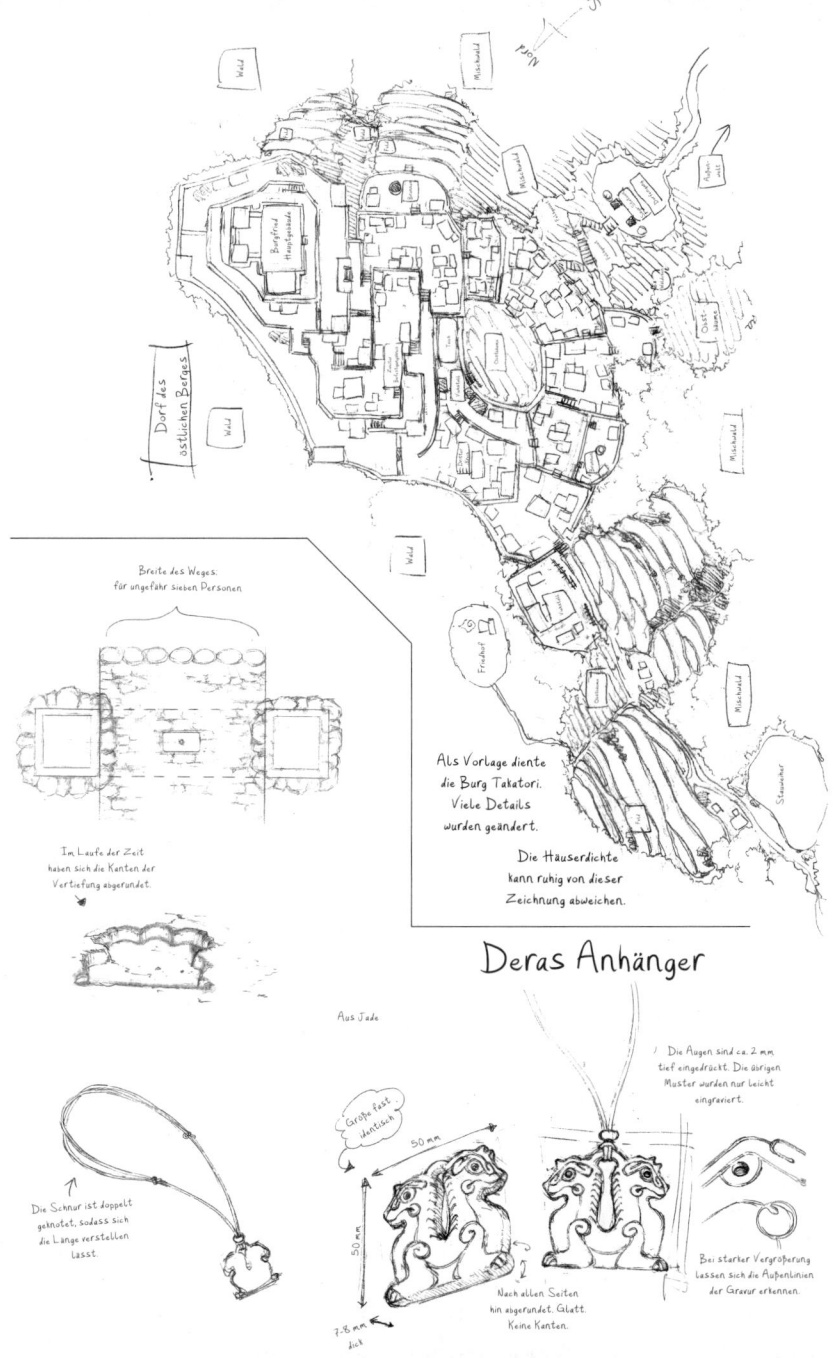

Wald

Mischwald

Nord

Süd

Burgfried Hauptgebäude

Dorf des östlichen Berges

Wald

Wald

Breite des Weges:
für ungefähr sieben Personen

Im Laufe der Zeit
haben sich die Kanten der
Vertiefung abgerundet.

Als Vorlage diente
die Burg Takatori.
Viele Details
wurden geändert.

Die Häuserdichte
kann ruhig von dieser
Zeichnung abweichen.

Mischwald

Deras Anhänger

Aus Jade

Größe fast
identisch

Die Schnur ist doppelt
geknotet, sodass sich
die Länge verstellen
lasst.

50 mm

50 mm

7-8 mm
dick

Nach allen Seiten
hin abgerundet. Glatt.
Keine Kanten.

Die Augen sind ca. 2 mm
tief eingedrückt. Die übrigen
Muster wurden nur leicht
eingraviert.

Bei starker Vergrößerung
lassen sich die Außenlinien
der Gravur erkennen.

DAS **BAND** DER.
UNTERWELT

Hiromu Arakawa

In diesem Manga kommen viele
Gegenstände zum Einsatz, die ich in
der Hoffnung gesammelt habe, dass
ich sie irgendwann einmal gebrauchen
könnte. Das ist der Grund, weshalb ich
einfach nichts wegwerfen kann ...

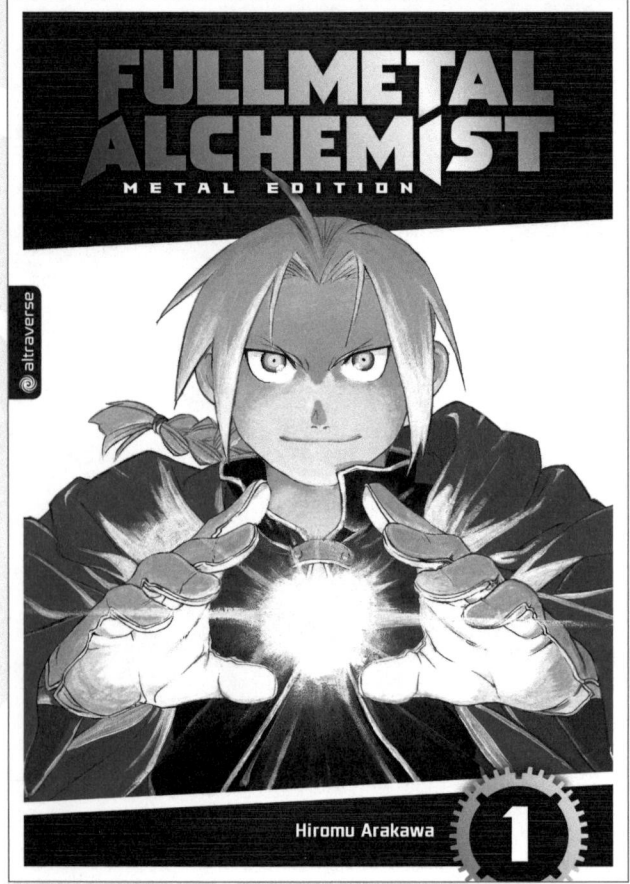

Fullmetal Alchemist — Metal Edition

Hiromu Arakawa

Die Brüder Edward und Alphonse Elric wollen mithilfe von Alchemie ihre verstorbene Mutter wieder zum Leben erwecken. Doch das Experiment missglückt und Edward verliert sein linkes Bein und seinen Bruder. Um ihn zurückzuholen, opfert Edward seinen rechten Arm und bindet Alphonse' Seele an eine Rüstung. Damit beginnt die Reise, um sich alles zurückzu- erobern, was ihnen genommen wurde.

Fullmetal Alchemist Artworks

Hiromu Arakawa

Das Artbook präsentiert auf über 280 Seiten alle Farbillustrationen, die je zum Manga *Fullmetal Alchemist* erschienen sind, sowie einen Einblick in Hiromu Arakawas Arbeitsabläufe.
Exklusives Highlight ist ein Interview, das einen Blick hinter die Kulissen der Entstehung der Serie gibt.

Kemono Jihen – Gefährlichen Phänomenen auf der Spur

Sho Aimoto

In einem ruhigen Dorf ereignet sich ein seltsamer Vorfall. Um diesen zu untersuchen, reist Inugami, ein Detektiv für okkulte Vorkommnisse, aus Tokio an. Im Laufe seiner Nachforschungen lernt er den jungen Dorotabo kennen und merkt schnell, dass nicht nur sein Name unmenschlich ist ...

Tokyo Aliens

NAOE

Akira Gunji führt ein stinknormales Leben ... Zumindest bis ihn auf dem Heimweg von der Schule eine Oma mit Tentakeln entführt. Sie entpuppt sich als Außerirdische, und als ob das nicht genug wäre, taucht plötzlich Akiras Klassenkamerad Sho auf und will die Oma festnehmen? Akiras Leben steht mit einem Mal kopf.

Shangri-La Frontier

Katarina | Ryosuke Fuji

Rakuro interessiert sich nur für das eine: möglichst schlechte Videospiele. Mit nichts verbringt er seine Freizeit lieber als damit, sich die Perlen schlecht produzierter Games zu schnappen und zu bezwingen. Als ihm das VR-Game *Shangri-La Frontier* nahegelegt wird, erwartet ihn in jeder Hinsicht ein episches Abenteuer.

Solo Leveling
Chugong | DUBU (REDICE STUDIO)

Seitdem Portale die reale Welt mit Dungeons voll von Monstern verbinden, sind Menschen mit speziellen Fähigkeiten erwacht, die Jagd auf diese Monster machen und so ihr Geld verdienen. Kann sich Jin-Woo Sung, der von seinen Kollegen nur »der Schwächste« genannt wird, an die Spitze kämpfen?

altraverse

Deutsche Ausgabe / German Edition
Altraverse GmbH – Hamburg 2022
Aus dem Japanischen von Markus Lange, Jan Lukas Kuhn

YOMI NO TSUGAI vol. 1
© 2022 Hiromu Arakawa / SQUARE ENIX CO., LTD.
First published in Japan in 2022 by SQUARE ENIX CO., LTD.
German translation rights arranged with SQUARE ENIX CO., LTD.
and Altraverse GmbH through Tuttle-Mori Agency, Inc.

Redaktion: Anh Tu Nguyen
Herstellung: Stephanie Gieck
Lettering: Vibrant Publishing Studio

Druck: CPI books GmbH, Leck
Printed in Germany

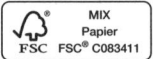

www.altraverse.de